久遠的 古老的 夢物語

偷 偷地 悄悄地 混雜在 晚風中

隱約 傳來 祕密 話語

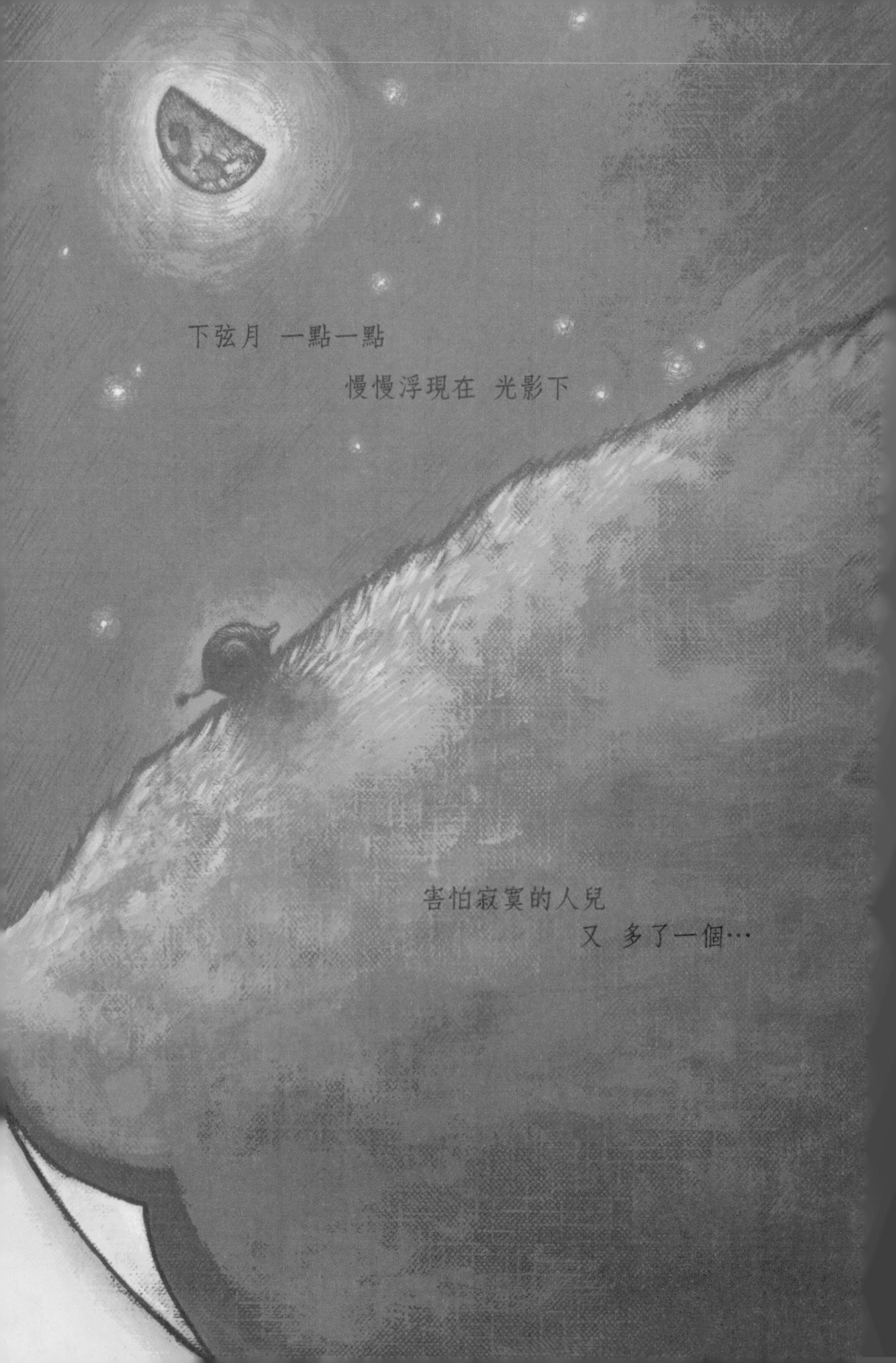
下弦月 一點一點
慢慢浮現在 光影下
害怕寂寞的人兒
又 多了一個…

Sentimental Circus.

深情馬戲團

第 2 幕

舞台的
暗處

布幕的 一角

好似半掩著 什麼

來訪的
是

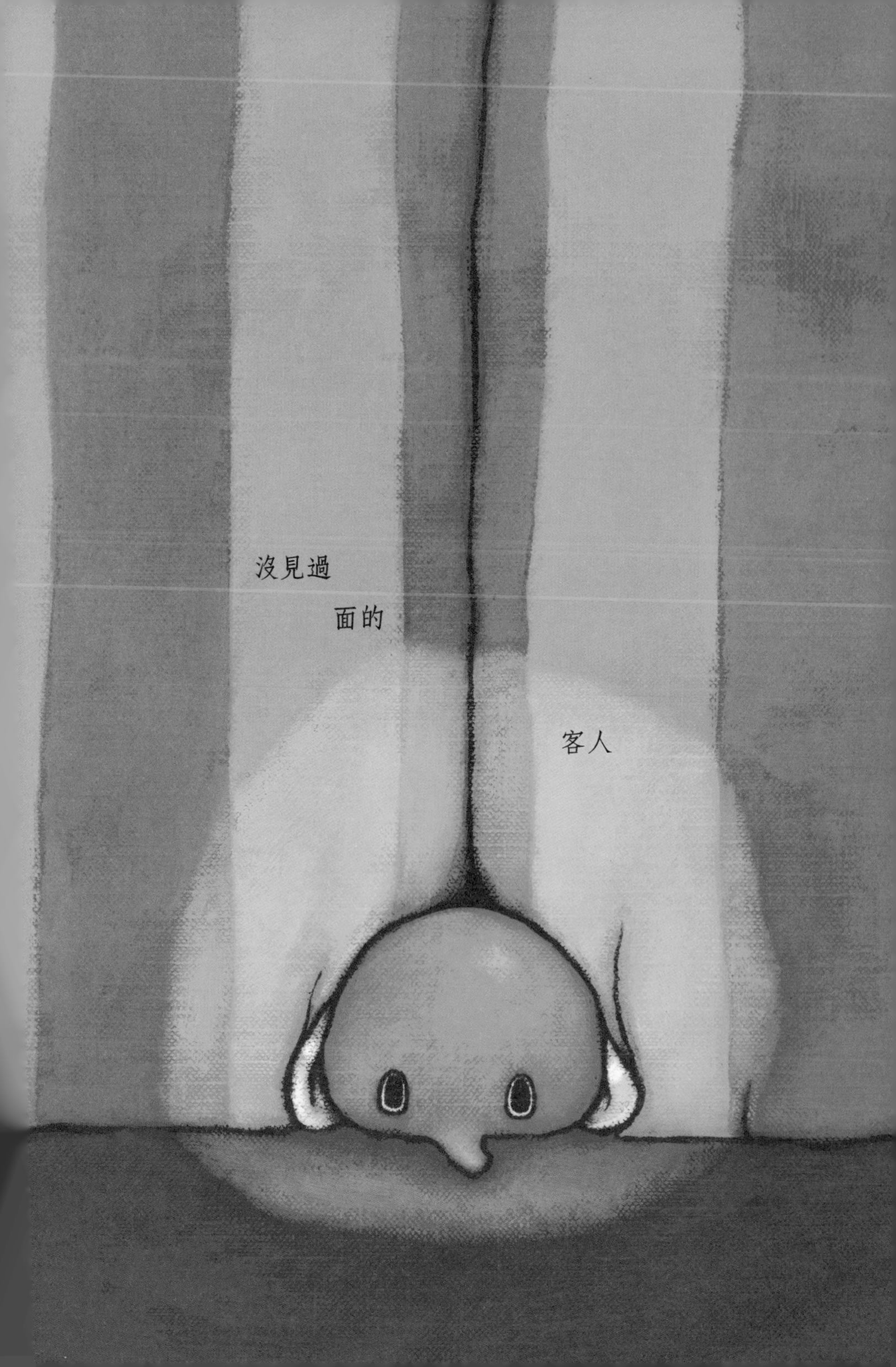
沒見過
面的
客人

danin wo
boshuu shite
imasu.
Issho ni circus wo
shimasenka?
Namae Mouton

輕輕 遞出

夢的 邀請函

歡迎光臨

一起

加入 我們吧？

心 跳加速的

初登場

遮掩 隱約可見

的 不安

假裝 看不見

勇敢向前

可是

憧憬 許久的

帳蓬 裡

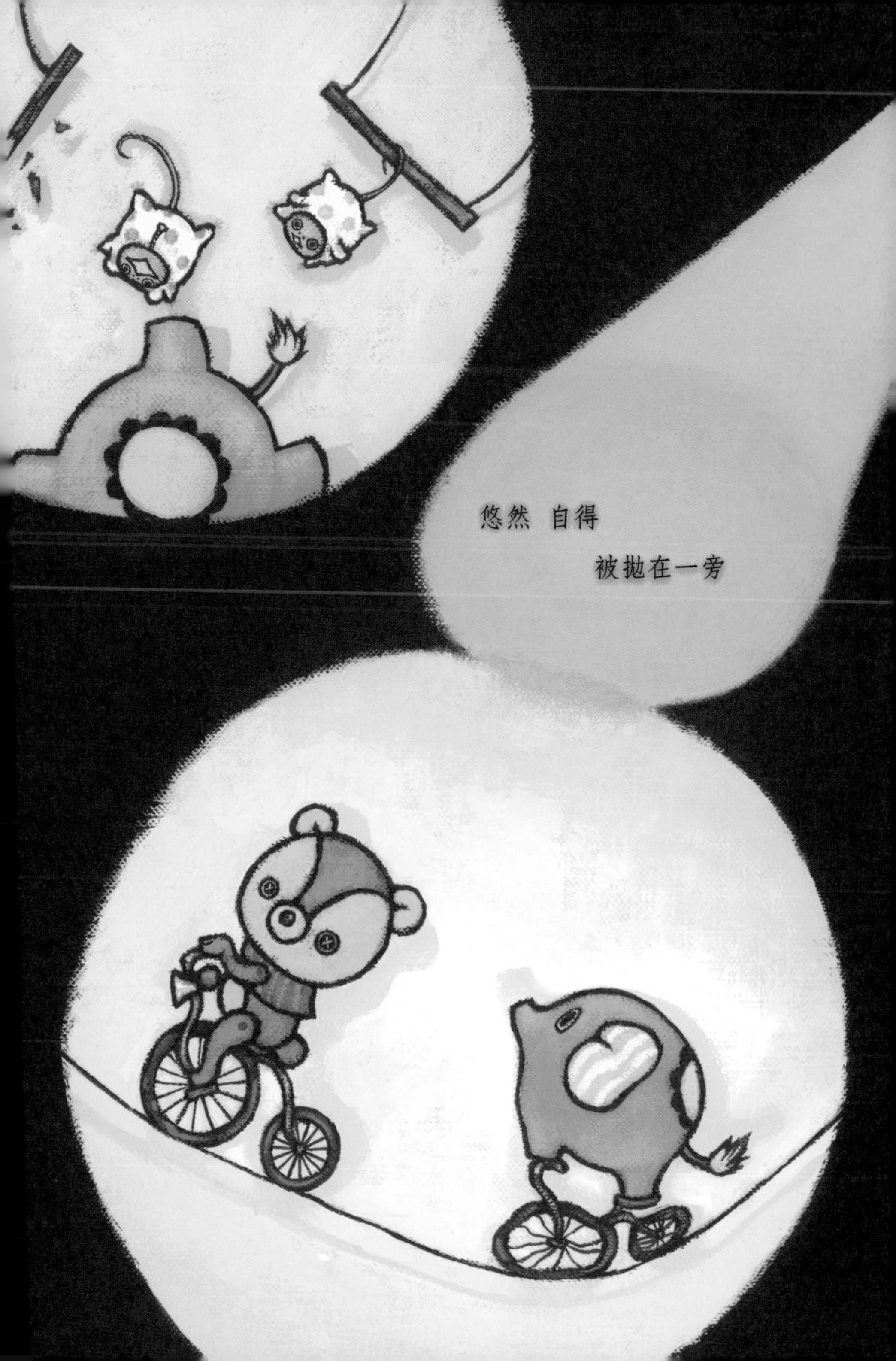
悠然 自得
被抛在一旁

繽紛　霓虹

籠罩下

心卻
向下沉
悶悶不樂

咿咿

啞啞

咿啞啞

傳來的

聲音是

東拼西湊來的　旋律　音色　好優美

只要　跟隨

澎湃欣喜的內心

任何　把戲　皆

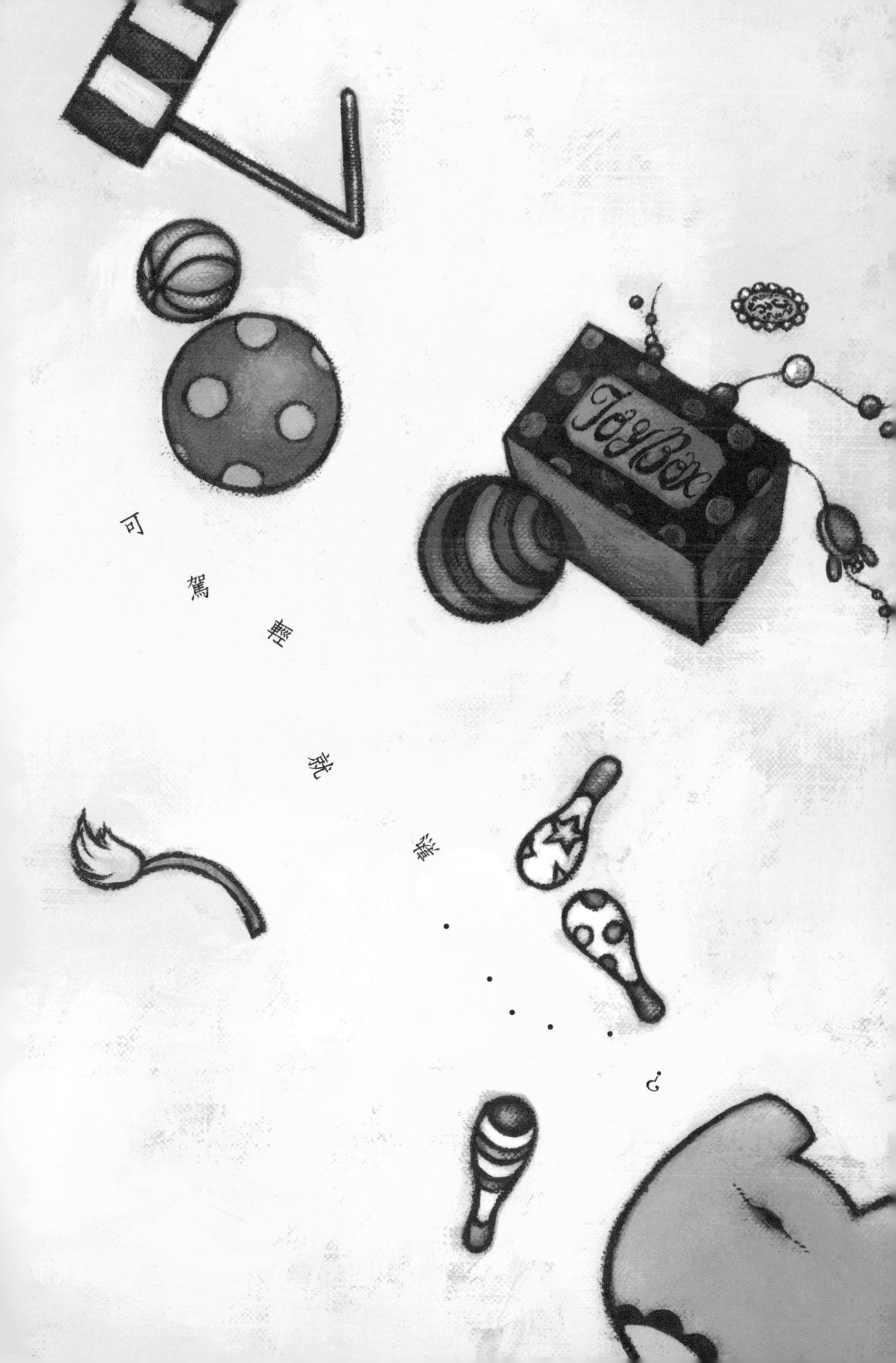
可駕輕就熟……？

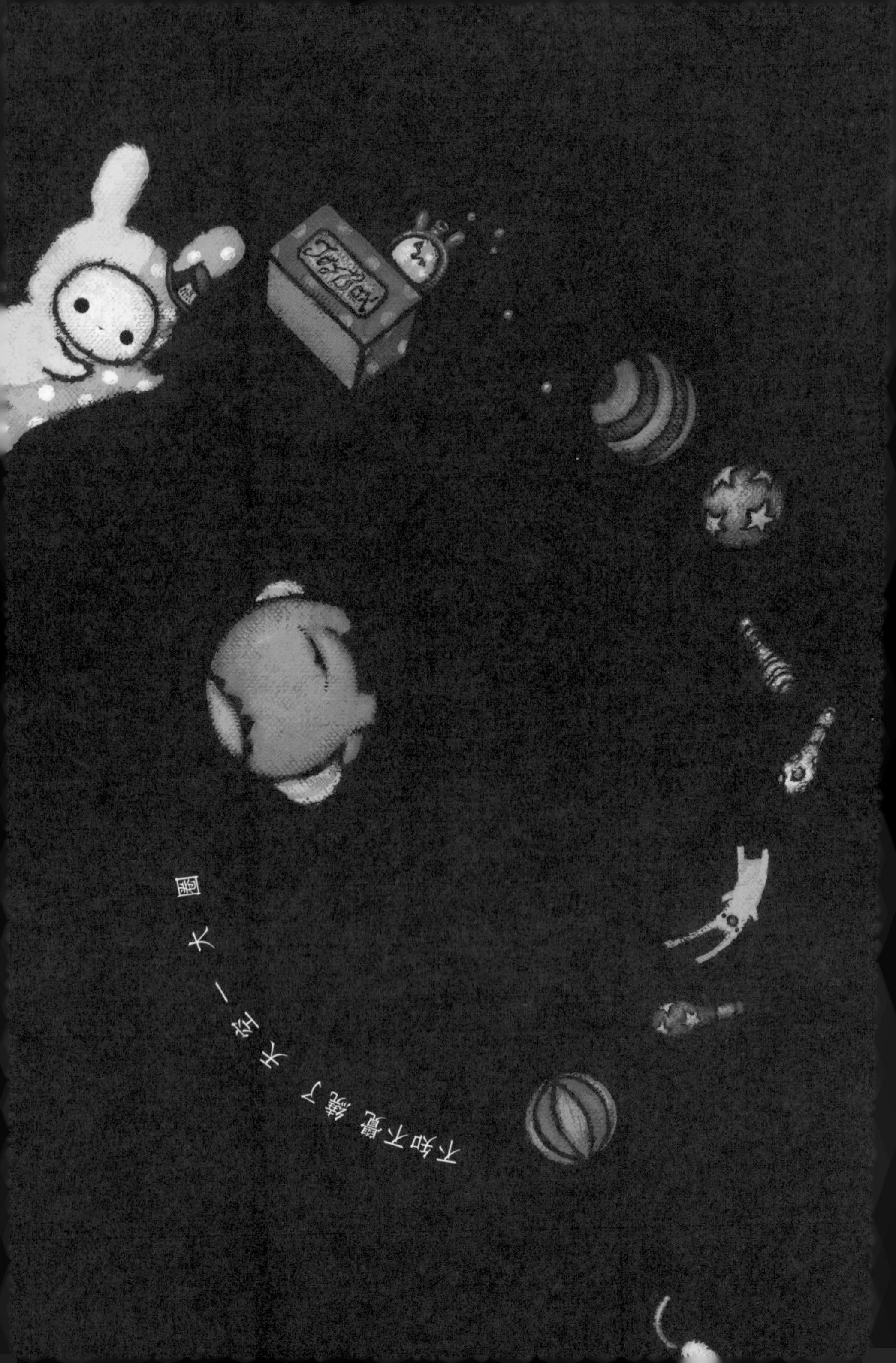
不知不覺 繞了 天空一大圈

最重要的　尾巴

到哪兒去了…

心愛的
壓箱寶

快快　送上

替代品　可是

紫萁

乾巴巴

白忙一場

換上玩具

還有 球

彈性太強

每一個
都不合適
快別鬧了

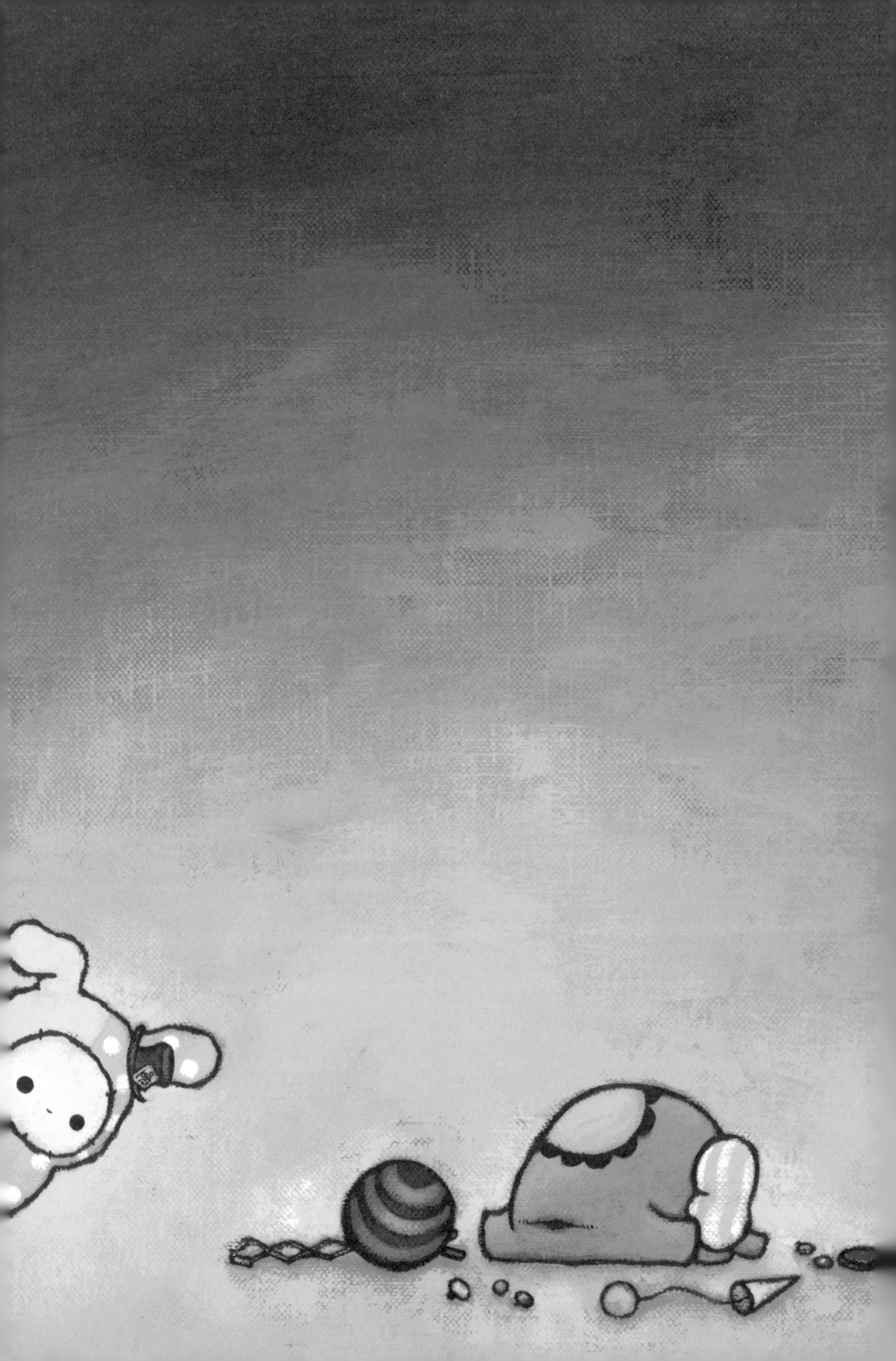

偷偷地
悄悄地
Sewing
靠近

悄悄地　縫上
珍藏許久的寶貝

涙痕也
一併縫合

夜色漸暗的　黃昏

趁還看得見路

今晚　差不多
該說再見了

隱沒在　月光下的

深情馬戲團

在心裡　悄悄地

壯大

滴答滴答
流逝的
時光中

有一天

一定

會達成

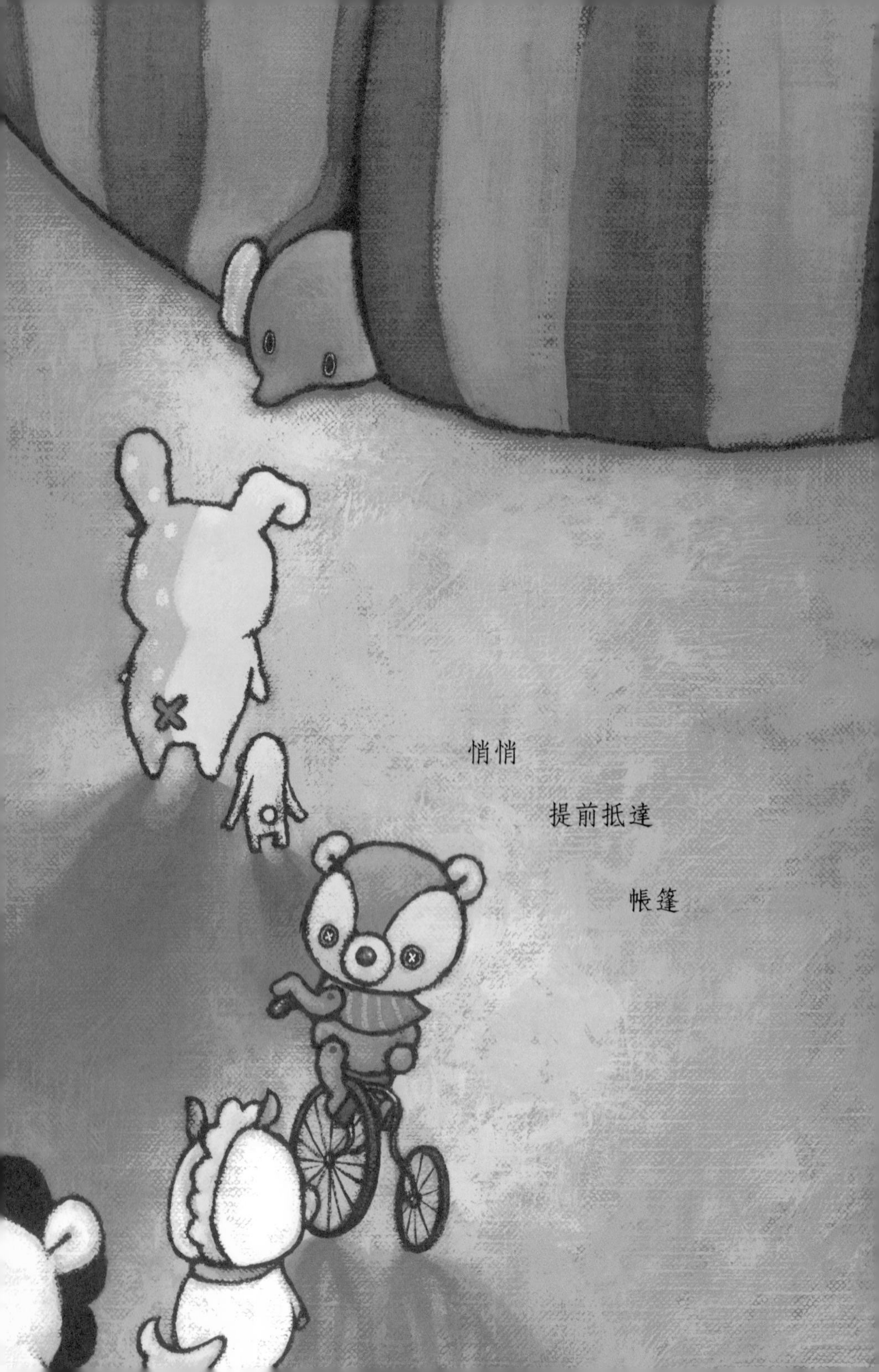

悄悄

提前抵達

帳篷

祕密

發表日

即將

開始

那一天　留給我的
回憶

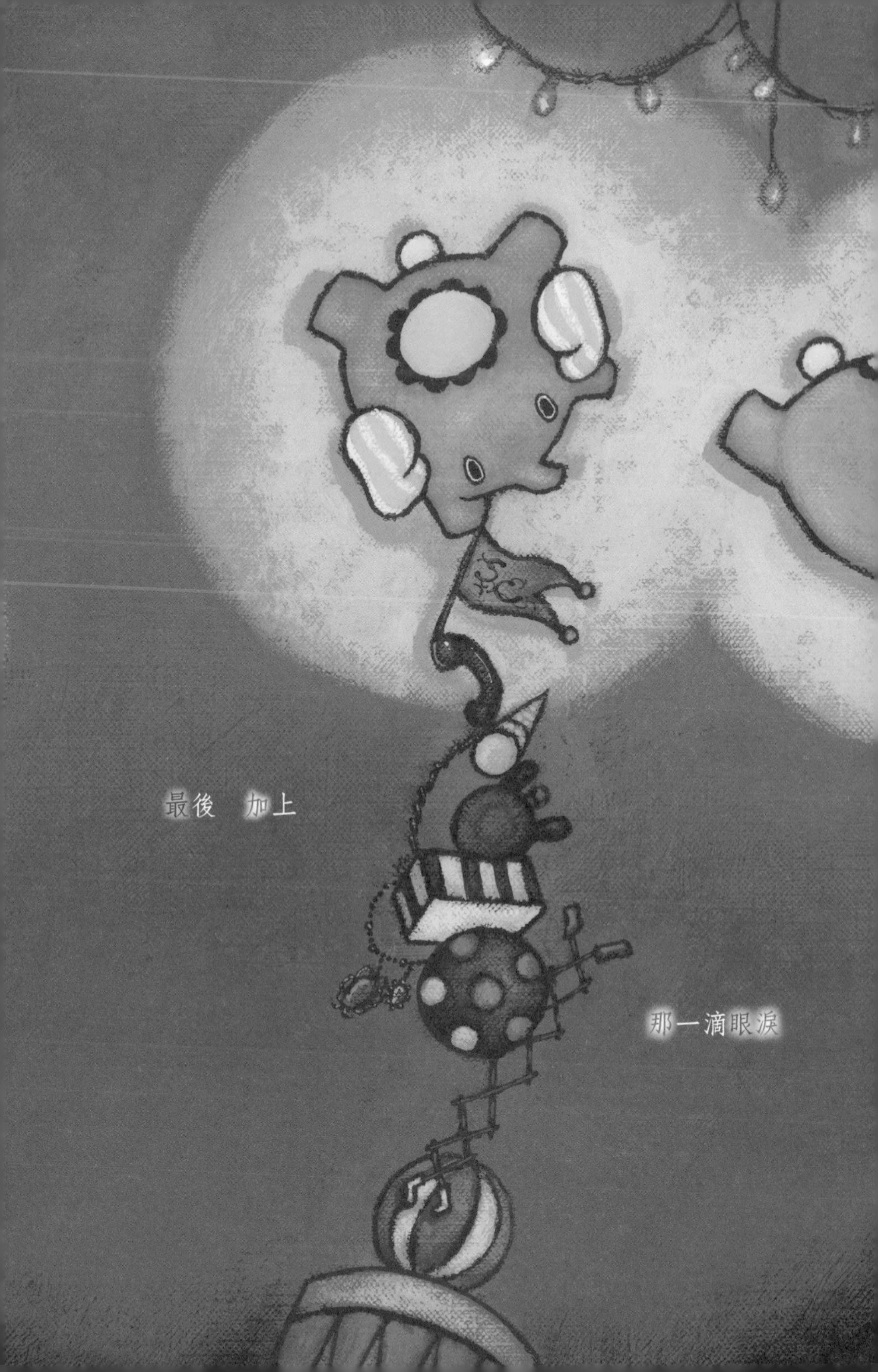

最後　加上

那一滴眼淚

笨拙的　想法

積累起來

你的

專屬

好戲上場

傳來的　掌聲　響徹雲際

氣氛融洽的　夜晚裡的　星雨

就算

隨歲月流轉

褪了色

輕輕　流向
遠方

帶著

難忘的　回憶

今晚　仍舊

會有一個　美夢

Sentimental Circus

深情馬戲團

第2幕

為閱讀這本繪本 及
今晚到場的所有嘉賓
致上誠心的謝意與掌聲

責任編輯　吉川理子
作　　者　市川晴子
譯　　者　高雅溎
美術編輯　樂奇國際有限公司
企畫選書人　賈俊國

總 編 輯　賈俊國
副總編輯　蘇士尹
行銷企劃　張莉滎・廖可筠

發行人　何飛鵬
出　版
布克文化出版事業部／台北市民生東路二段141號8樓
電話：02-2500-7008　傳真：02-2502-7676　E-mail：sbooker.service@cite.com.tw
發　行
英屬蓋曼群島商家庭傳媒股份有限公司城邦分公司／台北市中山區民生東路二段141號2樓
書虫客服服務專線：02-25007718；25007719　24小時傳真專線：02-25001990；25001991
劃撥帳號：19863813；戶名：書虫股份有限公司　讀者服務信箱：service@readingclub.com.tw
香港發行所
城邦（香港）出版集團有限公司／香港灣仔駱克道193號東超商業中心1樓
E-mail：hkcite@biznetvigator.com
馬新發行所
城邦（馬新）出版集團 Cité (M) Sdn. Bhd.
41, Jalan Radin Anum, Bandar Baru Sri Petaling, 57000 Kuala Lumpur, Malaysia
電話：+603-9057-8822　　傳真：+603-9057-6622

印　刷　韋懋實業有限公司
初　版　2014年（民103）11月
售　價　250元

〔特別演出〕吉川理子 あべちあき ホシノアツコ 鈴木正人 久保田愛美

Shappo

『憂傷馬戲團』團長。
拿手絕活是
將原本破舊的自己
瞬間變得光鮮亮麗。
帽子裡面好像
裝著針線和魔術的秘密，
又好像沒有呢。

Toto
〈雜耍〉

用 Shappo 臉部剩下的碎布
做成的好夥伴。
個子雖小，雜耍技巧
可稱得上是世界一等一。

Mouton
〈雜技〉

個性雖然溫吞自在
不過只要馬戲團一開演
就會變得很積極的
雜技名人

Mr. Bear
〈腳踏車特技〉

我行我素的馬口鐵小熊
擅長騎腳踏車
走鋼索。